晩熟

片岡直子

思潮社

晩熟

片岡直子

思潮社

目次

装画＝鹿庭えな

晩熟

かわしも

向かい合った喫茶店の席で
「聞き上手だね」って言わないで
話したいことが沢山あるみたいだったから
黙っていた

きくひとのこえ

その単語に「ボランティア」が付いて
胸が　痛かった

聴くように話すひと　私の憧れの
牧子さん　が　最近　始めた
お年寄りのための　日課

きくひとのこえをきく

話す人の声に耳を傾ける　牧子さんの
心がプールに　なってしまう　私は
あなたの　川下に　いる

きくひとのこえをきくこえ

消え入りそうな心も　オトになる
引き潮の　耳　で

雷の抽斗

日傘をたたんで　夏手袋を外し
公民館の　エッセイ講座へ　螺旋形の
階段を　昇っていく

「自分史講座」の　貼り紙
ずっと続く人生より　私は　あなたの
一瞬　が　知りたい

川向こうまで泳げた日の　目に痛い緑
初めて　くちづけした日の　天の川
手にした　グローブの肌触り

保育所から　抱き取って帰る道
小さかった息子の頭から　立ち昇る
スイカの　匂い
あの　匂いのことだけ　誰にも
話さなかった

4Bの鉛筆を　削り
新聞の広告の裏白を　半分に折り
今日の私は　二十九歳の　抽斗を
開け　柔らかな　芯を

しならせる

飛び込んでくる
どこかの家の　風鈴のおと
幼い子供を置いて　入院した夜
職を失ったときの　四日間の　彷徨
隣家に落ちた　雷の
とどろき

あなたの　抽斗は
何歳の　？

ロクな恋愛してないくせに

母の歌声は　息子へ
父の絵画と書の道は　娘へ
私は　遺伝子を　ただ　運んだ
十六歳の　息子から
「ロクな恋愛　してないくせに」
と　言われ　がこんと　くる
かつて　初恋を話し　失恋を話して
それだけだから他の恋愛は存在しない

って　思うのでしょう
十四歳の頃から　取り巻かれ　もう
女の人はいいよ　と　男子校を選んだ
ある日　一つの恋に　意見を述べる
ロクな恋愛　してないはずの　母
（親って　自分の恋を　語る？
二つ話しただけで　余程　伝えた気分
だったけれど）　シルバーグレイの
穏やかな父から　孫への手紙
「――恋愛は　終りが　肝心」
体質はどうやら父から遺伝　でも
これって隔世？　とも言いきれない
恋愛系でない人と接すると気づくもの
言葉は少ないけれど心を惜しまない

逢う人の　頬が　ふはっと　咲く
その息ほど　の

丸の内シャトル

oazo の　丸善で
必要なノートを　求めたの
縁日　縁側　縁結び　半年の間に
三冊の　詩のノート

oazo まで　来たのなら
もう少し足を　延ばせば良かったじゃない
うん　そうだね　今度ね

そう話してから
シャトルへの　憧れ
東西線も千代田線も　日比谷線も　都営三田線も
銀座もフォーラムも　サンケイビルも郵船ビルも　帝国劇場も循環して
つないでくれる　血の色の道

東京駅は今日も　シートに覆われ　中国系だろうか　新丸ビルの前
九頭身の　仕事のできそうな女性が二人　素の表情で話し込む
信号で停車してばかり　ビルを見上げる私の　巡航速度

さっきまで　九段坂の上
暮らしのうつわ　花田　にて
飯碗に　触れていた　奥の　広いテーブル席
二ヶ月前に頼んだ　サビ花文の　飯碗と

サビ丸と　鉄網と

須谷窯は　加賀の六十代の　夫妻の手による
応対したのは　サビ丸飯碗を　五客　愛用している女性店員
軽さが信条のこの飯碗にも　重さの違いとバランスがあり
宛名に応じ　最後は手のひらの底の方で　振り分ける

九段下から大手町へ　地下鉄に乗るほどのことはない
武道館の横を抜け　北桔橋門で　警備の人に　挨拶＝カウントされて
東御苑へ入る　こんなところが大奥だった　大芝生広場には
日本人より　観光外国人の方が　多い
芝生を　裸足で歩く大柄な　女性
日本には　おんな　という美しい言葉が　あるのに　現在は

女性という言葉の方が　丁寧とされる　と　六十代の恩師が　不思議がる
一般的な場所で　おんなと言われた場合の戸惑いなどを　お話しした

汐見坂を下り　百人番所から　大手門へ曲がる
車の量が　増えている

丸の内　シャトル・クルーズ　停車場も　建物も　皇居も
見えない二重橋も　遠くのコレドも　ひとつひとつ　巡航速度
血脈のように　赤いラインを　味わっていました
辛うじて支えられるだけの　荷物を　床へ下ろして
配剤――天の？　私は何を　試されて？

福祉の仕事をしている夫妻に　四歳になって　立つことのできない娘が生まれ
誰より優しい先生の奥さんは　今の私の年齢で　若年性アルツハイマーになる

美しく賢い　稼ぎ頭の友は　発達障害の息子に　叡智で向き合っている

育つ子どもに恥ずかしくない親になろうと日々　努めております

和室を忘れかけていた自室も　八年ぶりの攪拌
居住する高さを　80㎝下げ　ベッドからタタミへ
焦げ茶の座卓を仕事部屋から運び　簾と暖簾　手紙を書きましょう
あなたがあったらはいりたい　このつぎぼくがはいります
新聞は経済面と　時にはスポーツ欄を　読むことにしています

配剤――　天の？
軽い手術で入院した母は　入浴を許され　すっすっと　歩いていく
付き添いの私が　あたふた　置いていかれる
身体の中に　歌がある

施してくださった愛の量と質とが　身体に眠っているのです
「貴女は　長く　生きなくては」そう　つぶやいて
荷物を　人工衛星へ　送り届けてくれる
ビジネスマンが　乗ってきて　降りていった
私も　一周するまでには　降りていった

くらやみざか

くらやみざかをなぞって
伯母のところにピアノを
習いにいく
へびの夢の舞台だった
くらやみざか
小学校五年生のころの
木曜日
学校からもどるとすぐ

ベッドに入って
眠ったふりをするのに
ママが起こしにくるから
また今日も
間に合ってしまう
不覚の眠りのせいで
ずっと重くなった身体を
ひきずってなぞる
くらやみざか
じゅもんのようだったわ
楽譜たちの帯の文字も
黄色い色も　青い色も
つまずきそうな根っこ
泉へ通じる小道の入り口

ゲンノショウコのありか
すっかりおぼえていた
くらやみざかなぞって

バレリーナ

朝になると
色彩の娘が降りてきて
眺めていれば　それでよかった

雪の
成人式　帰宅をすると
白いワードローブに着替えて　横になり
静かに　眠り始める　こんこんと

今夜は泊って　いけばいいのに
起きなくて　いいよと
降り続く

喪失　というのなら近年　稀にみる
十年　二十年？　四半世紀ぶりの　でも
最初から　私のモノではなかった

小学校三年生の図工室　緻密で大胆な空想画を仕上げる女の子たち
水泳とバレエをやっている森田理沙ちゃんの　ママが　ハルちゃんは
小顔と細身で　いいわねぇと耳打ちする　私に似なくてねぇと答えるしかなく
ハルは　美術大学へ行くのだと思っていた　二十歳の今も　小顔で細身のまま
意外に持久力のあることや　サークルでダンスをして　衣装も担当して
そうかハルを　バレリーナにすればよかったのかって笑った　誕生日

森田さんのママにも　話したよ　思いつきもしなかったねって　笑ったこと

帰省をすると　並んでご飯
前から思っていたけれど
アサリのここ　可愛い
貧血対策の味噌汁のVサインを　指さして
そうね　そのいたらなさ　がね
なんて

朝刊配達のオートバイ　そろそろと
家の前の　袋小路に　入って来る
路面の圧雪を耳へ届け　去っていく
家の中の「女性」は　娘の担当　彼女が

寮で暮らし始めると　息子のお下がりの　冬の家事服を着た私が
ぽつんといて　紺色やベージュや灰色は　あったかいけれど
ぼそっとする

隣接する中学校の　校庭の雪の原
祝福のように　東向きの　窓に映る
きれきれに踊るダンスと　眠りの落差
レースのスカート　かかとのないブーツ
駅まで娘を　歩いて送った　帰り道
昨日見たような二十歳の男の子が
駅までの坂を　登っていく

てづくり

ひとっつもあたしはてづくりなんてしないのに
へやじゅうにてづくり　が
あふれていく

このめがね置きは会社の先輩の藤田さんが
あなたのことすきだったのよ
と　くれました
このペン皿は学校のとき

年配の栗田先生が
あたしのぶんまでしあわせになってね
と　くれました
このペンケースはあたしが結婚するときに
知人の多田さんが
うらやましいわ
と　くれました

ほらね
こわいでしょ?

あたしはてづくりがきらいです
なんかおんねんみたいなもの
かんじるから

できればさらりといきたい

つくるのは
囁く　コトバ
だけでたくさん

ほんとに

母の弁当

節分は大雪で
母の誕生日
安易な気持ちで
車にケーキ　ちょこっと　お祝い
ところが車は出せず　娘は塾の模試
最寄り駅まで二人で歩き　塾の駅で別れ
私は乗り換え　母の駅　そして　路線バス
懐かしい経路

途中ケーキは買ってみたものの
贈り物は
初めての　弁当
中学・高校　勤めてからも
ソフトテニスばかりの母親不幸
子供を　産んでも
パソコンに　首をのめりこませ
文字の世界で遊んでいる
そんな　私の和風弁当
母は驚いて　それから　ひとくちずつ
やさしく　コメントしながら　それから　ひとくちずつ
食べ始める

最初の孫が　生まれるまで

内弁慶の長女に　反抗されて
大変だったでしょう　おかあさん
全体に薄味で　母と私の　好み
帰宅した娘　春から高校生
同じ弁当の　空箱を　バッグから出して　一言
「今日のお弁当　渋かったね」

異動

「無駄に男が多」かった男子高校の
バスケットボール部で　息子が
お世話になった　先生が異動
娘の心の師だった社会科の先生が異動
友達の子が進学する高校で待っている
はずだった　私の　同級生（国語）も
生徒の　ゆびのかたちを褒めたけれど
あまり実験をしてくれなかった

理科の　先生も異動
入れ替わりで　別の同級生（理科）が
家の隣の　中学校へ来る
同僚は　いない
異動も無い虚業に　十二年も没頭し
我が子の心を　おもんぱかり
遅く　産まれた　幼な子を抱えた
同級生の　目尻の皺を　心配し
こんなに心が　揺れている
多分
これは　私が　すっかり　この世の
余白（okyaku ?·）に　なった証拠

浸透圧の問題

この頃は　空き時間
段ボール箱を　階下に移動
十段のレターケースへ　書類の分類　自室の
ブラックホールは　お気に入りの物しか　現れない
(それはそれで　とっても愉しい　でも)

かつて　買ったものや
求めた心　想い出の手紙も　ぎりぎりまで

捨てずにいられない　人も　いる

一日　屋内へ入れてもらえない　退職老人　今日も草木の　手入れ
同じ場所　姿勢　地面が鏡になるほど　庭を撫でる　若くても
捨てる人　最後は自分しか　捨てるものが　なくなって
それからの長い　独りの　時間

片付けの好きな人を　私たちは尊重する　けれど
片付けない人も　この世にはいて　片付けない人を　片付けられない人と
見下ろしてくるのは　何故だろう
内面の空しさと　周囲の空っぽ
均等にしたい　その気持ちは理解　できますが

書棚の　背表紙が　ウィンク
書評時代の贈り物『ナミヤ雑貨店の奇蹟』が　発掘され
あって困っているから買わなかったと思っていた『絶対音感』の単行本
映画『稲村ジェーン』のパンフレット　伝説のサーファー役　切れ長PANTAさん
いくつかの紙袋　いくつものファイル　開きながら　物とも対話　例えば
後頭部の辺り　ケースの六段目〈ヴィジュアル的に美しい紙〉と会話
捨てなくても楽しいこと　沢山ある

旦那様の　趣味のもの　グロテスクだからと
黙って捨てたら　犯罪？　文字に親しまない人って　家族の本も平気で　捨てる
子供時代の日記を全部　母親に捨てられた文学者　教室で　物を隠すいじめ
大事にしている碧色ペン　新しい上履きを汚して　ダストシュート
焼却炉　なんて

片付けずにいられる人は　片付ける人を
見守っている　はらはらと　だって　もしかしたら
片付けずにいられない　病い　かも
片付けられる　って　可能ではなくて　受け身かも
静観し　敬遠して

捨て過ぎて淋しいの
七十代のご婦人の　話す肩

誰でも良かった
と言う人が　他人を　巻き添えにする
人にも捨てるを迫るなら　最初にあなたを捨てると簡単
なんだけれど

私たちが生まれた　混とん
私たちが　帰っていく

そんな私も　昨日　車を廃し
玄関の前　拡がって

――ペダルを　漕ぐ
優雅の　自転車
丁寧に

そう言えば
片付け好きの　実家の父と　私の息子
車は　手放さない　のかな

木陰を　縫って
日差しは　避けて
木陰を　縫って
日差しは
避けて

開通・北リアス線

金色の道が　太陽を　結ぶ
日の出が　毎日のものだということを　信じられない
漁船は　日の出を合図に　港へ　帰ってくる
雲の上　太陽は　すっかり姿を現した
リアス鉄道をくぐって　帰ろう

影が　とっても長い
西行屋敷より　眺めれば

金の道は太く　雲は　さっきまでの　力をなくし
昨夜の　宿泊客は　私　ひとりだった

ソルトロード　陸中野田　西行の庵　野田玉川
義経の祈り　堀内　はまゆり咲く　普代
カンパネルラ　田野畑　カルボナード　島越

漁師たちのタクト
玉川の玉石　さわる　歩いた線路
朝は　こうしてくるものだった　色濃いコスモス
追いかける　太陽　5時32分

野田ユースホステル前　南行きバス
YH前から　海まで444歩

海抜　３８ｍ　２０
東経　１４１度５０
北緯　４０度０４

今日は歩いていこう　丘には雲が　ひとつもない
万年筆にまで　太陽が　集まってくる
春に開通した　三陸鉄道が印刷された　旅行ガイド
漁船は　日の出を合図に　港へ　帰ってくる

アメリカヤ文具店

＝（イコール）
タベルナ ロンディーノ　と
共通一次試験のように記憶された駅の名前
海を眺め　踏み切りから谷戸へ

十一人塚で水分を補給
江ノ島電鉄に絡んで　のぼるみち
「鎌倉の寂しいところ」*と書いた詩人が住んだのは　もう少し　北の方だろう

ああ　包まれる　家々の　猛暑の昼下り
何の文句も　ない　穏やかな　午睡の湿り気
すきな　ひとと　ふたり　こんな土地に
暮らしては　ならない

自戒を込めて　つぶやくと　道は　一度下り
すでに　隣町の　住居表示案内板
例の駅が　見えてくる
窓口で　阿仏尼邸跡の碑の　在り処を尋ねたら
少し戻って踏切を渡れ　とのこと

橋の　たもとには
持参したガイドブックの表紙のぬいぐるみを　並べた店
無口な表情の老夫婦　本は見せずに話しかける　すべて手づくり

なんですよ……　うるむ　口唇　ほころびる　こころ

冗談でしょ？　というほど　一日に歩いてしまう
坂を登り　成就院　材木座海岸を見下ろして　力餅
晶子が　娘と二泊した旅館の　對僊閣
ハイライトは？　独歩が暮らした　御霊神社
毎日　ベンチに通ってくる　近所の女性と
しばらく　話をした

全国の文房具店を　巡る旅
今日　見つけたのは　材木座の　アメリカヤ　ＭＯＮＯ　４Ｂの鉛筆
ビニールに包まれたまま　埃をかぶった　超小型の　ツバメノート
「いらっしゃい」　降ってくる　おじいさん
掲示された　過去の紹介記事と写真

古書店　骨董屋　地元の人だけが使うスーパー　寺は一日　二つまで
西武小田急かまくらフリーの　帰り路
江ノ島電鉄の座席から　御霊神社を　振り返る
五時間も前に別れた女性が　薄暗い木陰のベンチの　同じ位置
右に　四十五度傾いて　坐っている

＊北村太郎「一の谷《やと》ぐらし」（『すてきな人生』思潮社）

木道

箱根の仙石原で
まだ　花の咲かない湿生花園の
木道を
ゆく

ぽく　ぽく
どうしてこんなに愉しいのだろう
花は　咲いていない

ミズバショウと
なんとかいう小さくて黄色い花が少々
申し訳ばかり

娘は駆け寄ってしゃがんで
小さい頃のように
眺めていました

遠回りの道を　通っても
どこまで行っても　何も　咲かない
そんな花園の

木道は　乾き
余計に　くつおと　響いて

わたしは花園より
木道がすき

そんなことを
知りました

恋沼文房具店

張り紙　出ていたよ
勝手ながら　八月二十一～二十三日　休業いたしますって
全然勝手じゃないのに　たまには休まなくちゃぁ
息子さん
海へ　行ったかしら？
おじいさんと？
おじいさんと！
そうじゃないでしょう

でも
いいかも　おじいさんと
息子さん　おじいさんと　海へ
はしゃぎまわって　砂浜で転げて笑ったり
のんびり　二人　並んで　ひなたぼこ
いいね　おじいさんと　遅い海へ

一緒に
天野文房具店も　休んでいたりして
あの未亡人風の　女主人
コイヌマと一緒に休んでいたりして
どっちの恋人？　そうくるか
年齢が近いのは　おじいさん？　二十歳代の息子さん？
アマノのおばさんは

そうねぇ　五十代ってところ
だからやっぱ　六十代のおじいさんよりも　二十代の息子さんとの方が
アマノのおばさん　りぼん　届いていなかったときも
鉛筆　一本しか買わなかったときも
なんかの武道やっている感じで　礼儀正しく
引っ詰めた髪に乱れも無く　背筋伸ばして　顎を引いて　接してくる
アマノのおばさん
どっちが　好きだろうか
おじいさん　か
兄さん　か

イズミ美容室の店長　熱弁を奮う
コイヌマ？　あそこ昔　ケチヌマって呼ばれていたんですよ！
おじさん　いつも怒ってて？　へぇぇ　そんな風に見えないけれど

若いの　いるでしょ？　あれ　こんな子供だったんですよ　よく泣いて
あんなに　でっかくなっちゃって　二十代も　まだ　前半じゃないかな？
イズミの店長だって　若いのに　年下か　意外だな……

　　　削りたての４Ｂの鉛筆の　芯と木の　匂い
大事にケースにしまう　まだ角のある　消しゴムの　白
　途中で外して水で薄めてカートリッジを戻した万年筆
　　大学ノートの上で振ると　しずくが落ちて
テイシューでさぁっと触れると　流れ星になる
　　修正液の　青と赤の　キャップの色
　　　吸い取り紙の　シーソー

ずうっと昔は　おばあさんがやっていてね　（美容室の隣のイスの見知らぬ女性が
話しかけてくる）　薄暗い店内の　両脇に簞笥のように棚があって　鉛筆だとか

帳面だとか欲しいものを言うと　棚を開けてくれたのよ　すううっと　抽斗を
引いて　中にはきちんと整頓された　消しゴムや下敷きやなんかが　入っていた
たまに鍵を差し込んで　ぐるって回転させて　万年筆用のガラスケースが入って
いる段も　見せてもらったのよ　黒く光って　万年筆　秘密　みたいだった
それから　そううって抽斗を押して収めて　はい　今日はこれでお終いって
もうひとつ下の段を　じいっと見ていると　ここは駄目って　おばあさん
どこへ　行っちゃったのかしら？

おばあさんが　すっかり　アマノのおばさんに　なっていた
おばさん　なぜ　コイヌマを　出たの　だろう

海

遅い海
コイヌマの　兄さん

アマノ　の　おばさん
コイヌマの　おじいさん
勝手ながら　しばらく休業　いたします
勝手ながら　しばらく　休業　いたします

　まだ　何も書いたことのない４Ｂの鉛筆も
まだ　何も書かれたことのない　ツバメノートも
　しばらく
しばらく　休業　いたします

守護石

暑い季節　わたしたちは
身ごもってしまう

新しい服を
久しぶりにあなたに見せたくて
昨日買った　カーディガン

――　その色を出したくて

絵の具で　苦労したよ
　子供のとき

泳がない　スウィマーの言葉は　私が採集　しなくては

――青と　緑だっけ？　水色と　緑か？　青だと少し
濃過ぎるような　エメラルドグリーンの　少しくすんだような
　モス・グリーン　でもなく

しぼり出す絵の具のチューブを　描いている

けれども前夜　文字で　私が欲望したのは
そんなに　爽やかな色　のことではなく
あなたが排出する固体　と　液体　とで満たされた浴槽

体温に　肌が染まるくらい
浸りたい
強烈に　願いましたが
答えは当然　否
だったけれど
すこしずつすこしずつエスカレートして　エンドレスになる貴方とはなすうち
仰向けのベッドの私の上
向こう向きに　またがり
あなたは　排泄を　始める

やわらかな体温がしっとりと　肌に　初めて接する時の感触を思い描き
ゆめのようにゆがむくちびる

肩越しに　振り返り
あなたが何か　叫んでいる
ほら

ほら

みぞおちのあたり
あなたの産んだ
かたいかわいらしい
わたしのみぞおちのあたり

ことん　として
ほうっと　溜め息をつき
わたしはながめていました
かりっとして　ぴらみっど　な
その可愛らしさと硬さ
——八回目の　夏　だったかしら？
それにしても小さな
体温の　かけら

もっと　よく見よう
顔を起こすとあわてたあなたの肩が揺れる

なんのことはない
重ねた　ティシューでくるみ
手のひらの　なか
息を吹き込む

しばらく　そぉっと
ベッドサイドに
置いておいて

ないのです。

コーヒーをいただいて
分厚い写真集や　大学時代の教科書のような本が収められている
本棚を少し　と　立ち上がり
オフホワイトの壁紙の方へ歩き始めた　頃
不用意な　右手を取られました
振り向くと
尊敬　している　あ　でも　きすをしたか忘れている
抱擁は　確かに硬い　芯を　意識させるもの　で　あしもと

毛の長い　カーペットに横たわり　何歳まで？
でも　尊敬　している　と
スカートの　ファスナーは下がりづらく　両親より　年上の
何十年　前から　したのだったかも感触は忘れて
ここに　住んでいるのかしら　日本だけで
三つの部屋　最初の　窓の外　南側　低いマンション
その国の　部屋の　窓からは？
コーヒーを　淹れる　所作
意外に　慣れていない　呼吸の　おと
手元　見つめ過ぎて？　ずっと　尊敬　して
でき　今日は　らち　しようかと
ソファへ　今　どなたと　住んで？　確かに　聞いた
毛糸玉の　ように　髪　包まれて　ソンケイ
していると　でき

なく　髪を　撫でら　撫でられる　続く
すぐ　軽蔑　するようになるよ
そんな　まだ　三度目の　邂逅で？　四半世紀
ようやく　無理　でも
すぐ　軽蔑するように　なりますよ
こうしているのは
いい　ノ？　ソンケイ
し過ぎていると　やはり　でき
目の端に　引き伸ばされた　世界中　誰もが知っている
モノクローム　作家　街の　あのひとと（ソンケイ）　あなたが
髪を　撫で　撫でら　　もう　きすは
され　と　でき

眠りがあるから

——十五歳・冬「小中高校生女子詩集」連作のうち

467

お願いです　どうか
かあさんの　眠る前に
隣の部屋の電気の消える前に
私を　眠りに引き込んで

469

眠りがあるから
区切りが　できる

眠りがあるから
ひとつ　忘れられる

眠りがあるから
死を　認めざるを得ない

483

白い
煙ったような部屋
窓が明るく　オレンジ色
そこだけ　ひとつ

523

カチ　カチ　カチ
ひのぉー　よー　じん
そういえば去年　この話をして
「うちにも　くるよ」って　言われた

526

月は
揺りかごのよう　月は　今日
涙のしずくに　包まれて

530

かれんだあ――

531

なんだこれは　これでも字か
もうちょっと　一般的な字を書きましょう

541

たとえば
時計のポスターの男の人の目が
少し　カメラから　ずれていたり
たとえば　家具屋の　本棚の
木の端が　尖っていたり

549

雪の日は思い出す

小学校六年生のとき
窓辺に二人　並んで三階から
降る降る　雪を　見ていた
「静かになるね　雪が降ると」
私が言ったら
「雪がみんな音を吸い込んじゃうんだよ」
って

晩熟

化粧女って呼ばれていた
十六歳の　お啓《けい》さん　張り出した胸と腰
西洋の頬と瞳　ぶどう酒色の　ストッキング
中学生と変わらない　私たちの群れ　数人の大人びた
男子校の先輩　社会人の恋人　天高く

入間郡　トンボの田んぼ
高倉山を背景に　群れを　描き写す

インクを乾かし閉じるとき　ノートがパフ　と言ふ
少し険のある　あだ名の群れ　飛び出して　私はファンになり
法被で応援の体育祭　皆の前　紅の頬とか
触られていた　天高くなお

一昨日　風の俳句　送ってきた人がいて
シラノ・ド・ベルジュラック　そう言えば　私の詩
寒くなっていく風の　レセプターが無い　長い髪を切ろう
思っていたら　防寒のため　解く季節　天高く　なお
肥ゆる　その人の句で　知らない身体の箇所を
知ったりもする　埴輪顔の　案山子
私にも　胸が生え
「今日　初めての声を　聴いたよ」

伸び猫のポーズ　血が抜けて　透き通り　緩んで
撓められ　育てて下さった人へ　私から　お返しを
時にはそっと　金澤八景　初鹿野辺り　ギネスのような
今を生き　独りの朝に　柿食へば　人は
熟女に　生まれない

お乳の桜

いまごろになって　明け方
うつぶせで　もう少し　眠れることがある
お乳がつぶれるとか　子どもの頃からあまり　しなかった

花びらのよう　お乳の桜
ヨガ後のご婦人たち　ジャグジーに浮かぶ
無防備　というよりなんとなく　見て欲しいみたいな　おばあさん
浴槽の真ん中　立ち上がって　胸を開き　目をあわせてくる

のんびりと　通っていたスポーツクラブの　経営が
筋肉の　ジムになりました　早朝から鉄棒を握り　鍛える人々
スタジオへ向かう間にも　黒いむきむき　通路に立ちはだかって　なんとなく誇示
残念ながら　私は筋肉が苦手　スタジオに辿り着くまでに　気持ちが悪くなる

ジャグジーの花びら　私には　愛らしさと　少しの気の毒さ　両方を伝えてくる
する悦び　される悦び　貞淑の証？　一生に　子どもの数だけ　性交する人たちを想う

ラグビーの選手がインタビューで　やっているとモテますと笑う　世のなか
いろいろなんだけれど　いろんな人がいるんだけれどな　不要な筋肉には悪が宿る
そんなことを想った時もある　それでもジムへ　身体を造りに来る人は　目的があり
達成感もあるのでしょう　せめて通路をすんなり　通して

お乳の色は　生まれついたもの

性交の数とか　授乳の期間の長さとか　セックスの激しさなどで　濃さが増すことも
黒い筋肉と同じ　なんとなくお乳を誇る老婦人　たぶん　色合いとしてかなり
気に入っているのだろう　隠さない人は　たいがい淡い桜色

亭主はいい男なのよ　どうでもいい男なの　おしゃべりは　当意即妙　こちらの
脳がくすぐられるやり取りに　感心したりする　でもおずおずと男の人をその指で
愛することを　どれだけの人が覚えたの？　お手玉も　おはじきも
生まれたばかり　未開封　何かをしなかった証　観て欲しい？

リュックが幼稚園児みたいよ　お風呂はカラスの行水ね　とか
Tシャツが裏返し　とても子供がいるように見えないわ　なんてまで
お世話を焼かれるけれど　彼女らの瞳の　私　機能的なお乳は気に入っている　でも
大切なことは　見えないようにして　（きみの体も満開かな、今が）
明け方のラズベリー　うつぶせにして

新しい東京

年配の男のひとは　別れ際　振り返らない方が　かっこいい
そう習っている　振り返ってもよいのですよ　伝えると
振り返る　一度　二度　三度　何度振り返っても
かっこいいし　愛らしい

――先生は　どうだっただろう
ここ数年は杖で　通って下さった　台風で日延べした年も
数寄屋橋ニュー・トーキョーの建物がラッピングされたお盆

七夕ランチは　先生の腰痛の様子見で　お休み
フィギュアスケートには　芸術の全てがある
詩は芳醇で　不思議な響き　英訳をして下さった
一杯ずつの　ワイン&ビール　少量のパスタ　サラダ
「直子さんは　身体を使う　ことが好き」
初夏の　雲取山単独　八年続いた　ヨガ&ストレッチ
過去の自転車　マラソン　軟式テニス　そんな話をした後で
ぼんやりした人の群れから　くっきりとした声

美しい奥様は　先生の蔵書を　アルファベット順に並べ
薔薇&ハーブの庭　時折ドライヴ　高原の穏やかな　暮らし
「庭」に反応して　友人が造る薔薇園のこと　野菜畑の花壇
――私も一瞬　憧れるんです

「貴女は　庭造るより　詩を創れ　でしょ?」

腰のご様子は如何でしょう……　時の停まる　お盆

――素敵な詩は　案外　未収録詩篇の中に　あるのかも

前の年　先生は日比谷へ　私は京橋へ

見送ったのは　誰?

あとがき

今頃になって、野球を観るようになった。

娘の小中大学の同級生が、ドラフト一位でプロ野球選手になる前後から。

玉ねぎの鰹節を揺らし、ソファに横たわる父が、ナイターを観ていた。

県大会の準決勝の軟式テニスの結果は、新聞に数字が載るけれど、一回戦からテレビで放送される高校野球というスポーツの、存在する意味が分からなかった。


今頃になって、女の子の居る暮らしの、心安さに肩がほぐれる。

女子高は、お互いがクッションになり、過ごしやすかった。

身体の関係の終わった男性との付き合い方が分からない。

始めないと続く。四十年続く人もいる。


今頃になって、年賀状を創るのが、愉しみになる。

「自分の字を見るから、眼が悪くなる」と言われた筆のせいか、体育は十でも美術は六のせいか、気持ちはあるのに上手くできないものの一つだった。

知る人にイラストを描いてもらい、わたしは宛名を、万年筆で。

八幡山や、飯山満町。友人知人の住む街が、具体的に浮かび上がる。

戊年の今年は、両親の干支。

父は毎年、篆刻と書で工夫している年賀状を、伯母が他界したため、用意できなかった。

私は、猫がジャンプをすると「戊」の字になるイラストをいただいたので、投函する時、謎かけをしているみたいだった。

一年に、一行ずつの会話。

一年前の謙遜を、伝えてくる人もいる。


県大会から関東へ私を連れて行ったパートナーが初夏に亡くなり、彼女の年賀状の文字を眺めている。昨年や、もっと前のも並べて。部誌の頃から読みやすかった、整っているのに、おどけたような文字。

そう言えば、この詩集も、ある方の御年賀状から始まっている。

十六年間の、大量精読書評生活で横になった身体を、すくっと縦にして下さった。

お産だと、十年経過すると初産と同じ。

そう言われるけれど、詩集はいかがでしょう。

初産の時より少しは、大人になっていると、佳いと思います。

片岡直子

二〇一八年八月三十日

初出一覧

かわしも	「朝日新聞」2007年2月9日夕刊
雷の抽斗	「明日の友」163号、2006年8月
ロクな恋愛してないくせに	「朝日新聞」2009年11月21日夕刊
丸の内シャトル	「現代詩手帖」2010年8月号
くらやみざか	「地球」113号、1995年9月
バレリーナ	「抒情文芸」2013年春号
てづくり	『アンソロジー アクメ 東京詩学の会の詩集』1995年12月1日（東京詩学の会）
母の弁当	「文芸埼玉」第80号記念号、2008年12月27日
異動	「北日本新聞」2008年4月9日「天の詩《うた》」
浸透圧の問題	書き下ろし、2018年7月17日
開通・北リアス線	「短歌往来」2011年11月号
アメリカヤ文具店	「北冬」5号、2007年2月
木道	「交野が原」62号、2007年5月
恋沼文房具店	「詩学」2006年12月号
守護石	「現代詩手帖」2006年1月号
ないのです。	「交野が原」61号、2006年10月
眠りがあるから	「詩学」2005年9月号
晩熟	「短歌往来」2017年12月号
お乳の桜	「抒情文芸」2017年夏号
新しい東京	「俳壇」2017年2月号

晩熟《おくて》

著者
片岡直子《かたおかなおこ》
発行者
小田久郎
発行所
株式会社思潮社
〒一六二―〇八四二　東京都新宿区市谷砂土原町三―十五
電話〇三（三二六七）八一五三（営業）・八一四一（編集）
FAX〇三（三二六七）八一四二
印刷・製本所
三報社印刷株式会社
発行日
二〇一八年十月二十日